Dalton Trevisan

corruíras nanicas

www.lpm.com.br

Coleção **L&PM** POCKET, vol. 270

Seleção dos livros *Ah, É, 234* e *Pico na Veia,* editados pela Editora Record.

Primeira edição na Coleção **L&PM** POCKET: 2002
Esta reimpressão: dezembro de 2007

Capa e projeto gráfico: Ivan Pinheiro Machado
Ilustração da capa: arquivo Dalton Trevisan
Ilustrações do livro: IvanPinheiro Machado, arquivo L&PM e
Alex Varenne (pgs. 5, 7, 47 ,82), M. Shulteiss (pgs.28, 33, 34 e 35),
Emil Nodle (pg. 16), Max Pechstein (pg.17), Pons (pgs. 99-105)
Revisão: Renato Deitos

ISBN 978-85-254-1233-1

H468c	Trevisan, Dalton, 1925
	99 corruíras nanicas / Dalton Trevisan. – Porto Alegre: L&PM, 2007.
	104 p.; 18 cm. (Coleção L&PM Pocket)
	1. Ficção brasileira-Contos. I. Título. II. Série.
	CDD 869.931
	CDU 869.0(81)-34

Catalogação elaborada por Izabel A. Merlo, CRB 10/329.

© Dalton Trevisan, 2002

Todos os direitos desta edição reservados a L&PM Editores
Rua Comendador Coruja 314, loja 9 – Floresta – 90.220-180
Porto Alegre – RS – Brasil / Fone: 51.3225.5777 – Fax: 51.3221-5380

Pedidos & Depto. Comercial: vendas@lpm.com.br
Fale conosco: info@lpm.com.br
www.lpm.com.br

Impresso no Brasil
Primavera de 2007

corruíras nanicas

Livros do autor na Coleção **L&PM** Pocket

111 Ais
99 corruíras nanicas
A gorda do Tiki bar
Continhos galantes
O grande deflorador

1

No aniversário dos dez anos, o melhor presente: uma lata de balas Zequinha. Fui para a cozinha atrás da copeira, o dobro de idade e tamanho. "Quer uma bala, Ana?" *Quero*. "Então levante o vestido." Ela ergueu um tantinho – e eu fui dando bala. Acima da covinha do joelho uma nesga imaculada. Em grande aflição: "Levante mais um pouquinho". Ai, se pudesse ver a calcinha. Com a lata cheia de balas, um colibri nanico nas asas da luxúria. A Ana descalça no terreiro, eu no degrau da escada. Boca da noite, o lampião da cozinha alumiava as pernas, ela suspendia o vestido com a mão esquerda, um lado mais que o outro – nunca verás, criança. Sim, eu vi: duas coxas inteiras, fosforescentes de brancura. O que eu fiz? A idéia foi dela – e só os dois sabemos.

2

Reinando com o ventilador, a menina tem a falange do mindinho amputada.

Desde então as três bonecas de castigo, o mesmo dedinho cortado a tesoura.

3

– Um doutor de tanta cerimônia. Falava explicado e tudo com vírgula. De repente a vertigem e a queda. Agora o discurso inteiro...

– ... tem só duas palavras – *puuuta meeelda*.

4

– Na cama o João vem pra cima de mim. Uma transa lá entre ele e a minha perna. Não estou nem aí.

5

– Mais triste foi o cavalinho. Que é de estimação. Lá no potreiro, o João correndo atrás. Como um desgraçado: *Pare aí, seu...* Quer que se atole no banhado. Estrala o chicote. Para fugir o pobre se rasga no arame farpado.

– Judiação.

– Até que, cansado, o cavalinho se entrega. Suspira fundo. Olho branco só espuma. Todo sacudido de arrepio. No chão a sombra lavada de suor.

– Assim é demais.

– Daí o João se chega. Sabe aquele balancim da carroça? Ele agarra o coitado pelo queixo. Dá com o ferro na cara. Esguichando sangue da venta e da gengiva.

– Mãezinha do céu.

– Quebrou todos os dentes do cavalinho.

6

– Por você, amor, esfrego olho de vaga-lume nas unhas...
– Ui, credo.
– ... que acendem no escuro o **teu nome.**

7

Mal a pobre se queixa:
– Ai, que vida infeliz.
Ele a cobre de soco e pontapé:
– E agora? Está se divertindo?
Apanha ela (grávida de três meses) e apanham as cinco pestinhas. Uma das menores fica de joelho e mão posta:
– Sai sangue, pai. Não com o facão, paizinho. Com o facão, dói.

8

Ele mordisca o seio direito:
– Aqui o pão.
Depois o esquerdo:
– Aqui o vinho.
Tão iguais, por que sabem diferente?
– Agora molho o pão no vinho.

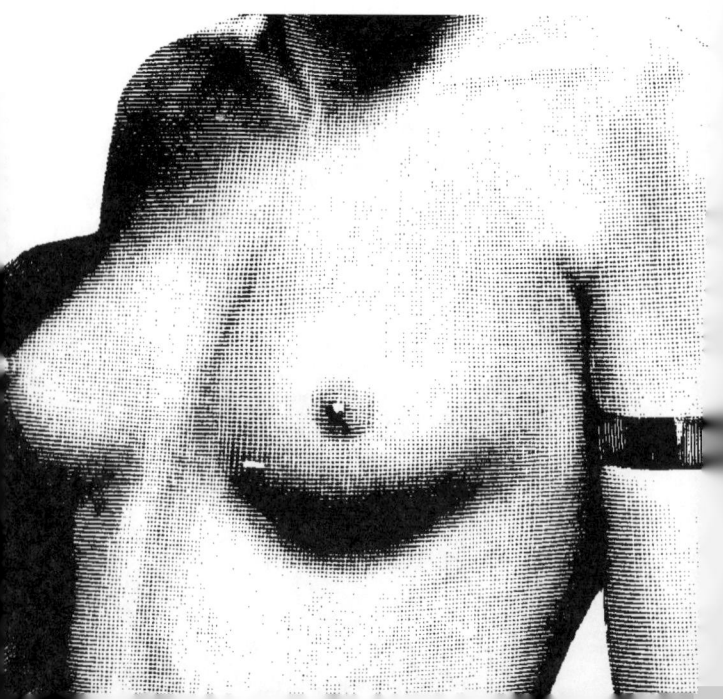

9

Rataplã é o gato siamês. Olho todo azul. Magro de tão libidinoso. Pior que um piá de mão no bolso. Vive no colo, se esfrega e ronrona.

– Você não acredita. Se eu ralho, sai lágrima azul daquele olho.

Hora de sua volta do colégio, ele trepa na cadeira e salta na janela. Ali à espera, batendo o rabinho na vidraça.

Doente incurável. O veterinário propõe sacrificá-lo. A moça deita-o no colo. Ela mesma enfia a agulha na patinha. E ficam se olhando até o último suspiro nos seus braços. Nem quando o pai se foi ela sentiu tanto.

10

Ao acordar, o distinto chama as filhas. Que uma lhe lave os pés. Outra penteie o cabelo. E, todo nu, façam massagem pelo corpo.

– Não sou o galã do barraco?

Agarra e beija as mais velhas – com força e na boca.

– Filha minha não é pra outro.

Você piou? Já viu: apanha sem dó.

– Essas eu fiz pra mim. Qualquer dia me sirvo.

11

    Dois malditos carrascos a torturar um ao outro. Nela tudo lhe desagrada: a boca pintada, o sestro de beber água e deixar um resto no copo, a maneira de cortar o bife. Assim a ela aborrece o seu cabelo comprido, o passo truculento que abala os cálices na prateleira, o pigarro de fumante. Por amor dela contraiu bronquite, gemeu dores de estômago, padeceu vágados de cabeça e – ainda era pouco – três furúnculos no pescoço. Mas não hoje. Que ela surrupie do seu prato uma batatinha frita, capaz de lhe morder a mão: Te odeio, bruxa velha.

Max Pechstein

12

– Três da tarde, no intervalo da aula de geografia. A Gracinha...

– ...sentada no colo da professora. O livro caído no chão.

– As duas se abraçando e se beijando.

– Na boca. De olho fechado.

– E todas as meninas espiando ali na janela.

13

– Minha avó mora no sítio, apaixonada por um cara que foi padre. Ela dá um tiro nele e acerta na vaquinha. É presa. Meu avô começa a beber, vive internado, quando vem para casa quebra tudo. Daí meu pai, cada vez que me bate, consola: *Dê graças que eu não bebo. Seria muito pior.*

14

No velho asilo, uma das órfãs – na mesma doçura trança lindas toalhinhas de tricô – amansou de sua cadeira de roda uma pombinha branca. Aonde vai ela, vai a pombinha, só se afasta no ligeiro vôo entre os muros do pátio – a paralítica estala os dedos em aflição. Estende uma vara gasta pela mãozinha úmida e trêmula – a ave já desce, obediente. Da varinha salta para o ombro, as duas beijam-se na boca. Em volta pipiam as meninas medrosas da inválida e deslumbradas com o bichinho pomposo, a cauda aberta em leque, exibindo-se de galocha vermelha. Naquela manhã, a pombinha morta. Geme a aleijada sem sossego: a ave defendida numa caixa de sapato, não deixa que enterrem. Para acalmá-la, dão-lhe outra pombinha branca, e o que faz? Crava-lhe no peito as agulhas de tricô.

15

Ela cai-lhe nos braços, toda trêmula. Nem falar pode, assustada. Desabotoa o casaquinho – *cuidado, querido, o pregador*! Ele se desfaz da gravata.

Aos beijos, de pé. Aos beijos, sentados. Deitados no tapete, rolando.

– Quer que morda ou beije?
– Sim.
– Beije ou morda?
– Sim. Ai, sim.
– O que você quer, anjo? Fale.
– Ai, sim.

Essa aí a grande tarada do sim, sim.

16

O menino, bracinho pro céu:
– Colvo, me leva.

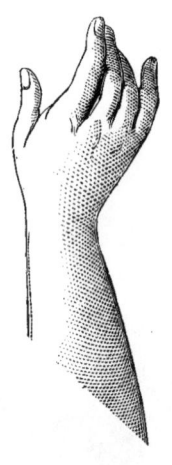

17

Qual o motivo, me diga, para matá-lo? Me presenteou uma camisola nova e uma samambaia. Ele me dava tudo, era cigarro, era calcinha de renda. Depois fez o que mais gostava: as unhas do meu pé. Foi a noite da despedida.

Um amorzinho bem gostoso. O despertador marcando as cinco. O revólver ali em cima da mesinha. Dormi e sonhei com um rio de água negra me levando.

Ele acende a luz, antes do relógio tocar. Pergunta se o trato ainda vale. Respondo que sim. Se um não pode ser do outro, o jeito é pôr um fim em tudo.

Aponta no ouvido esquerdo, sorri para mim, aperta o gatilho. É a minha vez. O relógio dispara, um sinal de Deus. Vejo aquela sangueira, penso nos dois filhinhos. Não, a vida é boa.

18

— Essa menina é minha tentação. Eu beijo. Eu mordo. Eu me perco, doutor.

— Não tem medo, seu João? Na sua idade... Se o coração dispara?

— Só fortifica. Tratamento nunca fiz. Não deixo herança.

— Com tantos bens...

Brilho fulgurante do dentinho de ouro.

— Eu não morro nunca. Nós rolamos no tapete. Ela vem por cima. O doutor não sabe de nada.

Morre de repente esse velhinho. De vergonha a família não convida para o enterro.

— Já contei da almofada?

Nem para a missa de sétimo dia.

— Da bala azedinha, doutor?

Impávido, o terceiro motociclista do Globo da Morte.

— E do espelho no sofá?

19

Sozinha, na rua escura. Lá vem o negrão. Dou três passos, agarrada por trás. *É um assalto*, ele diz. *Um grito. E já te corto.*

Me arrasta para longe. Arranca toda a roupa, inteirinha nua. Mão junta, gemendo e chorando: "Meu Jesus Cristinho. Leve tudo. Pode levar. Só me deixe em paz. Por favor, não faça mal. Uma pobre mulher doente."

Com ele não tem Jesus Cristinho. Ali no matinho o palco de minhas setes mortes. Sem pressa ele me desfruta. De todas as maneiras. O que nunca pensei na vida o negrão fez. Ai de mim, não me sujeito, esganada por ele, não está de brincadeira. Me trata o tempo todo de vagabunda e nomes contra a moral. Ainda resisto, me cobre de socos, acerta o ouvido e sangra o nariz.

Serve-se à vontade, mais de uma vez se regala. De joelho peço que tenha pena. Tudo o que fez já não basta? Quatro da manhã, me deixa na esquina. Larga o meu braço, some na escuridão, ele e sua catinga.

Agora, o pior: abro a porta, meu Deus. E olha para mim, o pobre João.

20

Na rua escura, sozinha, lá vem a coroa. Garro por trás e afogo o pescoço. "Quietinha", eu digo. "Ou já te apago."

Levo pro matinho, a par da linha de trem. "Todo mundo nu", eu digo. Ela mais que depressa. Então me sirvo.

A tia bem legal. Faz direitinho. Aceita numa boa o que você quer. Não dou soco nem digo nome feio. Podes crer, amizade.

Ela não reclama da brincadeira. Até sorri, quem está gostando. Não acho que tem motivo de queixa. A história dela é bobeira. Isso aí, bicho. Sem complicar. Tudo dentro dos conformes.

21

Dois inválidos, bem velhinhos, esquecidos numa cela de asilo.

Ao lado da janela, retorcendo os aleijões e esticando a cabeça, apenas um consegue espiar lá fora.

Junto à porta, no fundo da cama, para o outro é a parede úmida, o crucifixo negro, as moscas no fio de luz. Com inveja, pergunta o que acontece. Deslumbrado, anuncia o primeiro:

– Um cachorro ergue a perninha no poste.

Mais tarde:

– Uma menina de vestido branco pulando corda.

Ou ainda:

– Agora é um enterro de luxo.

Sem nada ver, o amigo remorde-se no seu canto. O mais velho acaba morrendo, para alegria do segundo, instalado afinal debaixo da janela.

Não dorme, antegozando a manhã. O outro, maldito, lhe roubara todo esse tempo o circo mágico do cachorro, da menina, do enterro de rico.

Cochila um instante – é dia. Senta-se na cama, com dores espicha o pescoço: no beco, muros em ruína, um monte de lixo.

22

     O velho em agonia, no último gemido para a filha:
— Lá no caixão...
— Sim, paizinho.
— ...não deixe essa aí me beijar.

– Você não é homem, cara.

Fico de pé, saco do punhal. Um golpe, outro, mais outro. Sem um grito, ela cai, derruba na mesinha copos e garrafas. Pronto se calam as vozes.

– Me acuda, João.

Consegue ainda se levantar. Cambaleia dois passos no salão. De frente, enfio o punhal. Mais fundo e de baixo para cima. Ela me abraça:

– Não me mate que eu volto.

Molhado de sangue o peitinho branco. Estende a mão esquerda, as bijuterias bolem no pulso:

– Me leva para casa.

Arrasta-se ali a meus pés. Cai de lado numa poça de sangue.

– Tua casa é o inferno, querida.

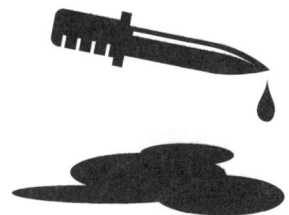

24

— Anos depois o túmulo da Rosinha foi aberto, o viúvo assistiu à exumação. O mesmo tipo frio e durão. Quem me contou foi o seu Julinho. O coveiro abriu o caixão e ali dentro, esburacada, via-se a mortalha.
— Como é que o Pestana reagiu?
— Fumando, respirando fundo, olhando para o chão. O coveiro pegou na mortalha, se derreteu entre os dedos. E surgiu uma caveira perfeita. Os cabelos loiros bem conservados. A aliança também. A longa meia de seda, inteirinha.
— Puxa, não me diga.
— O coveiro olhou para seu Julinho, que fez sinal de cabeça.
— ...
— Com os polegares de unha roxa, o bruto partiu o queixo da Rosinha. Nessa hora o Pestana perdeu a coragem.

25

– Nessa hora o Pestana perdeu a coragem.
– O que ele disse?
– *Não estou bem. Agora ficando tonto.* E se apoiou no ombro do Julinho. A cena foi rápida. Acho que fazem isso todo dia. Em pouco dobrado o esqueleto ali no saco.
– Tinha dente de ouro?
– Os parentes vão por isso. Senão eles profanam.
– E os cabelos ainda...
– Loiros e bem penteados. Ela morreu no fino da beleza. A única de quem o Pestana gostou.
– Por que primeiro o maxilar?
– Não me pergunte. Sei que estalou feio. O resto foi fácil.

26

A chuva engorda o barro e dá de beber aos mortos.

I

Toda família feliz é igual: bom emprego, boa mulher, um par de filhos. Daí morre o sogro. E, sem amparo, a viúva e a caçula vêm para cá. Minha perdição: loirinha, quinze aninhos, já viu? Muito religiosa, nunca namorou. A velha, essa ouvia vozes e tinha visões. No terreiro de macumba recebia passes.

E pai-de-santo eu não sou? No transe incorporo a entidade Zé Pelintra. Em nome dos espíritos: se a filha não deitar com o orixá, as forças do mal se voltam contra a velha. A menina quer a boa saúde da mãe, não quer?

II

Ela chora um pouquinho. Bem que violento, o Zé Pelintra sabe ser delicado. O ritual se repete algumas semanas, sempre na ausência da mulher, que trabalha de diarista.

Não é que essa desconfia? Diante das três não sou eu. Agora o Preto Velho. Voz grossa e rouca, uma guerra do Zé Pelintra contra a Pomba Gira: o maioral deve deitar com as duas filhas. Mais fortes as vibrações, em perigo a velha de perder a razão.

III

Convencidas, passo a dormir com as duas irmãs. Cada noite uma delas recebe o exu. A paz de um é inveja de outro – certa vizinha me intriga no distrito. Detido e ameaçado por sedução de menor. Logo as três comparecem e tudo negam. Escândalo a viúva não quer. E, se não trabalho, quem paga as contas?

De novo uma família feliz. Sem saber, eu era mesmo um bruxo. Nunca mais a velha se queixou de vozes ou visões.

30

Qual epopéia de altíssimo poeta se compara ao único versinho da primeira namorada:
– Que duuuro, João!

31

I

    Ela desconfia que o marido tem amante. Quase toda semana, uma viagem de negócio. Sai faceiro de malinha: "Só volto amanhã. Ou depois". Queixoso e cansado ele chega. De noite não a procura, encolhido no canto da cama. A prova? Uma carta anônima: "Teu marido tem outra. O nome dela é..." Mais endereço e telefone da tal. Liga de pronto, quem atende? Bem ele, decerto no pijama azul de bolinha. Nem um pio, ela desliga. Ah, é? Se arruma, se pinta e vai até lá. Uma pequena casa de madeira. À espera, atrás de uma árvore. Assobiando, o distinto abria e fechava a maleta. Mais uma viagem? Para a casa da outra, na mesma cidade.

II

Epa, olha o casal de braço dado que desce os dois degraus. A garota nos seus dezoito anos. Feia? Nem tanto. Ai, não: grávida, uns sete meses. Indignada, mas não se mexe. Furiosa e trêmula, por que não ataca de sombrinha? Sem ser vista, volta chorando para casa. Dia seguinte, mal abre a porta, o nosso herói recebido aos gritos. Baixa a cabeça, reconhece a culpa. Só três pedidos: "Por Deus, não faça escândalo. Dá um tempinho. Não conte aos gêmeos". Culpa não tem a criança que vai nascer. Ela dorme no quarto (duas voltas na chave), ele na sala. Não o olha nem lhe fala. Ele finge nada aconteceu. É demais, tanto cinismo: "Dá um tempinho", já pensou?

III

A pobre se rói de ódio. Solidão ou vingança, bem se enfeita e sai toda tarde. A vez dele desconfiar. Descobre tudo (não me pergunte, sei lá), possesso. Ela tem outro, logo quem? Um santo pastor evangélico. Para não agredi-la, murro na mesa e pontapé na parede. Espatifa no chão o elefante vermelho de louça. Daí arruma a célebre malinha. Olha para a mulher: magra, de olheiras, nunca tão bonita. Ah, é? Derruba-a no sofá, ergue o vestido, rasga a calcinha. "Agora é a vez do teu puto Jesus." Bate a porta, o coração pingando grandes gotas de sangue. Amor, ô louco: em todas as viagens, só a ela buscava. Nenhuma das outras. No fim achada e, ai dele, perdida. Ah, o pastor? Você lê os jornais. Sabe o que aconteceu.

34

O velho acorda no meio da noite. O galo cego no peito bicando o milho às tontas.

I

Meu pai leva-me à porta do famoso noturno para a cidade grande:

– Cuide-se, meu filho. É um mundo selvagem.

Esse verbo clamante no teu ouvido. Por delicadeza, perdi a minha voz. Ó profetas, ó sermões!

– Longe da família, será você contra todos.

Homem não se beija nem abraça, nos apertamos duramente as mãos. Me instalo a uma das janelas, com a vidraça descida. Mais que me esforce, impossível erguê-la. Já não podemos falar. Esse pai dos pais ali na plataforma, mudo e solene. O trem não parte. Fumaça da estação? De repente ei-lo de olhos marejados.

II

De repente ei-lo de olhos marejados. E, sem querer, também eu comovido. Diante de mim o feroz tirano da família? Ditador da verdade, dono da palavra final? Primeira vez, em tantos anos, vejo um senhor muito antigo. Pobre velhinho solitário. Merda, o trem não parte. Meu pai saca o relógio do colete, dois giros na corda. Pressuroso, digo que se vá. Doente, não apanhe friagem. E ele sem escutar.

Olha de novo o relógio. Aceno que pode ir, não espere a partida. Quero ver a hora? Exibe o patacão na ponta da corrente dourada. Nosso último encontro, sei lá. E, ainda na despedida, o eterno equívoco entre nós. Maldita vidraça de silêncio a nos separar. Desta vez para sempre.

37

Domingo, de volta do futebol, ele serve-se de uma cachacinha, liga o rádio.
– Sabe, paizinho?
É o menino de seis anos, todo prosa.
– O que, meu filho?
– Essa a música que a mãe dança com o tio Lilo.

38

Na floricultura o botão de rosa mais fresco são os lábios vermelhos da mocinha.

I

Um bom homem, ai dele, que sofre dos nervos. Mora com a mulher e o filho na sua chacrinha. Para diversão do piá compra a mais branca das cabritas. Sem sossego lida na pequena roça. Bondoso e manso, basta não o contrarie. Uma tarde discute com a mulher. Sai, batendo a porta. Alegrinho, o cão late e pula à sua volta. Manda que se cale e esse aí pulando e latindo. Apanha numa forquilha o chicote e malha com força. O cãozinho arrasta as pernas traseiras numa sombra molhada. E some ganindo no mato. O homem vai em frente. Ao vê-lo, faceira na sua fitinha encarnada, berra a cabrita aos saltos. Manda que se cale.

II

Manda que se cale. No cercado ela pula graciosa, as quatro patinhas no ar. E berra mais alto. Ele volta-se para o filho: "Me busque já o facão". O piá, sem voz: "Não, paizinho". Ai do moleque se... "Já, já o meu facão." E alcança da mãozinha trêmula a afiada faca. Num golpe corta o pescoço da cabritinha, altura da fita. Espirra a cabeça ainda gritando. O homem ergue pela cauda o tapete vermelho e branco, leva-o de presente ao vizinho. À noite, esse retribui: um quarto assado no forno. E o homem, a mulher, o filho que tanto amavam a cabrita? Roem até o seu último fiapo de carne. Sugam os seus pequenos ossos. No fim lambem os dedos e choram por ela.

41

Mais que a deixasse nua, restava sempre uma nesga secreta para o dia seguinte.

42

Como dormir se, para os mil olhos da insônia, você tem só duas pálpebras?

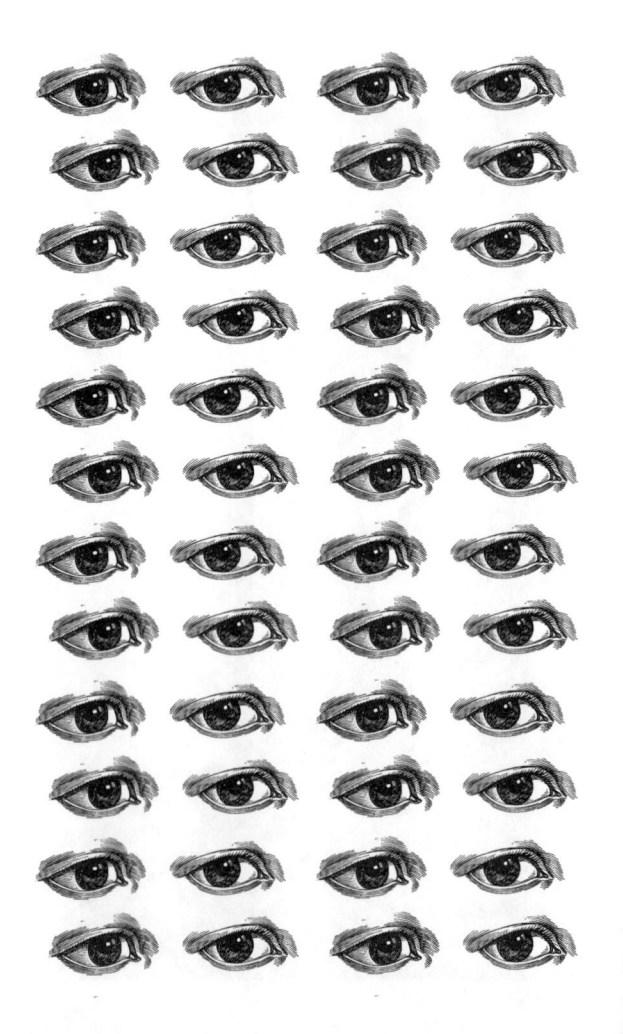

43

No velório do pobre moço:
— A noiva está muito comovida?
— É quem mais espanta mosca no rosto do finadinho.

Haicai – a ejaculação precoce de uma corruíra nanica.

春
女
日

45

Durante quarenta anos, a cada sua tentativa dissimulada:

– Seja ridículo, velho – era a mulher contenciosa e iracunda. – Bigode? Não tem o que fazer?

Até que ela morreu. Contrariada de ir primeiro. Dias depois, os amigos dele já reparavam no bigodão em flor. Grisalho porém viçoso. Tudo o que fazer.

De volta da feira, carregada de sacolas. Ou de xale à cabeça e missal na mão. Ou com a pasta de papéis para despachar.

– São horas, hein, sua cadela? Qual foi o bordel do dia?

– ...

– Quantas você deu hoje?

– ...

– Com quem fez programa? O nome do teu machão. Fala, desgraçida. Ou eu...

Um santo homem. Uma santíssima senhora. Assim ele consegue ainda se excitar.

47

– Dou com um perneta na rua e, ai de mim, pronto começo a manquitolar.

48

I

Ela diz que tem naquela noite uma reunião de trabalho. Desconfiado, vou até lá. Do meu carro quem vejo ali com o chefão, rindo e de mão dada? Os dois sobem no carro dele. Entro no bar da esquina e bebo alguns chopes. Só penso no meu bem. Em vinte anos, ai não, o único amor.

Três horas depois eles voltam. Vou ao seu encontro. Quero falar só com ela e pego pelo braço. Não chamo pelo nome, só de bem. "Agora, bem, me diz o que há." Ele se põe na minha frente. Ah, nunca vou esquecer: "Cala a boca, certo? Não faz escândalo".

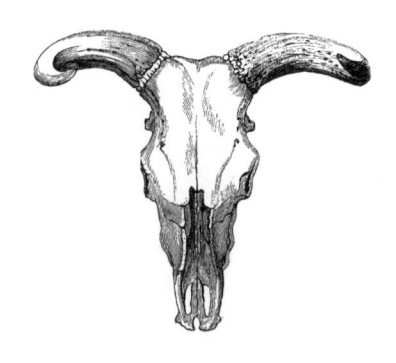

II

Me viro para ele: "Com você, não falo. Se fez de meu amigo. Foi ao aniversário de minhas filhas. Não passa de um canalha". Daí sacode no meu rosto o anelão vermelho do dedo: "Você tem sido um babaca, certo? Um grande cornudo. A tua mulher, sacou? É muito minha".

Um empurrão no peito quase me derruba. Daí eu atiro, certo? Duas vezes ele roda no mesmo lugar. Continuo atirando, sacou? E vai de cara no chão molhado. Jogo fora a arma e lhe dou as costas. O bem atrás de mim, aos gritos: "Louco, louco. Que vai ser de tuas filhas?"

50

As folhas da laranjeira batem asas numa gritaria. Pardais.

51

Dia das Mães: Quantos crimes literários, ai, mãe, são cometidos em teu nome!

Válido em todo o território nacional

De: ARLINDO
Para: DONA ERMELINA

Diploma de Mãe

Mãe, esta palavra mágica que adoçica meus lábios cada vez que pro-

52

Olhinho perdido na janela, suspira o velho:
— O que será que o meu canarinho anda fazendo?

53

– Audácia da tipinha, já pensou? Uma menina, mal fez catorze aninhos. Ah, despedi na mesma hora, fui obrigada. Não é que se apaixonou pelo meu João, acha que pode? Ao retirar a mesa, ela separava o prato dele. Depois comia os restos, usando o mesmo garfo. Quem essa pobre coisa pensa que é?

54

No Passeio Público eis o viveiro de araras diante do quiosque do fotógrafo, que põe as mãos na cabeça:

– Orra, isso que é o inferno? Um bando de araras bêbadas?

*

Em casa, ao contar o episódio, o fotógrafo ouve da mulher:

– Pra mim, cara, o bando de araras bêbadas é você.

55

O primeiro marido tem dinheiro de sobra. E ela, uma vida regalada. Até o cara ser preso como traficante. O segundo marido ganha bem, mas judia dela. Arrasta pelo cabelo, morde, tira sangue. O terceiro, sargento reformado, é manso e quieto. Só que bebe até cair. Internando-o na clínica, ela recebe uma pensão.

Logo se amiga com o tipo mais novo. Não se droga, não fuma, não bate, não bebe. Mas também não trabalha. Daí ela visita o marido no asilo: "Deus te mandou, minha santa. Você veio me buscar". Com dó, leva-o para casa e vivem os três da mesma pensão. O amante não está feliz, tem de dar banho e fazer a barba no sargento.

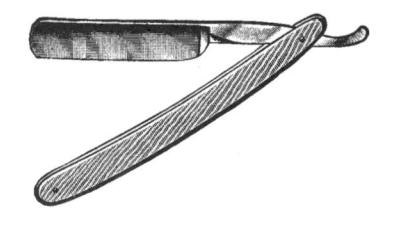

— Ai amor, sou bem putinha pra você? Deixa ser um pouquinho mais.

— Uma cadelinha vadia?

— Sim. Faz miséria comigo. O que você quiser. Estou pronta pra tudo. Pena que você não é homem.

— Ah, não sou? Quer umas palmadas, isso sim. Nessa bundinha empinada?

— Seu viado. Pensa que não sei?

— Ah, é? E agora? Está gostando?

— Sim, ai. Não com tanta força. Sim, ai. Mais, amor. Mais.

57

Toda noite ele volta de madrugada bêbado e cheirando a tipa de boate. Para ter companhia, a mulher compra uma família de periquitos. Tão amorosos, sempre juntinhos e se beijando. Ela cansa de esperar por quem não chega. E, de peninha, antes de se deitar, solta-os da gaiola para voejarem pela sala. Sobre a mesa o bilhete: "Cuidado. Não pise nos periquitos".

Três da manhã, tropeçando no escuro, o marido sente no rosto o vento da asa da imbecilidade. Ainda não, ó morte – e não quer ir docilmente por essa noite armada de bicos e unhas. Raiva, raiva, se bate aos socos, uivos e pontapés com os íncubos guinchantes da loucura.

De manhã a mulher entra na sala e vê o monstro, roncando e babando no tapete, coberto de penas verdes. E, pelos cantos, no último suspiro, os seus amados periquitinhos.

Enfim sós, e a velhinha toda meiguice:
– Mais um dia em que me arrependo de ter casado com você.

– Quem podia com esse aí? Aos onze anos, um caso passional com certa galinha carijó. O bolso esquerdo sempre furado pela mão viageira. Furtava as moedas no cofrinho da irmã. Bebia, jogava, seduzia criadinha. Do Colégio Marista fugiu travestido de padre. Tinha três noivas na mesma cidade. Reinou mais que Dom Pedro I. E tudo pagou ao casar com a Gracinha.

60

Já deitados, luz apagada. Ela fala para as costas dele:

— É triste, não é, velho? A gente cria os filhos com tanto amor. Em troca recebe o quê?

— ...

— Não é, velho?

— É, é.

— Tanto sofrimento. Tanta luta. E depois? Só ingratidão.

— Hum, hum.

— Ei, tá dormindo, você? O que eu falei agora?

— Hum... a gente sofre...

— Você se mata. Dar o melhor pra eles. E esses desnaturados? Cortam em pedacinho o nosso coração. Ei, tá me ouvindo?

— Tô, tô.

— A gente sofre tanto, não é?

— Hã, hã.

— Quanto mais... Ei, velho.
Não é que tá roncando?

61

– Pára. Ai, pára. Ai, ai. Pára.
– Pronto. Já parei.
– Quietinho.
– ...
– Não, não. O punhal deixa ficar.

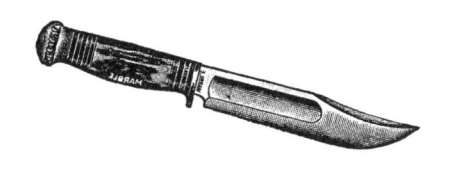

— Oi, cara. Que bom te ver. Pô, sabe do quê? Estou perdido.

— Estamos todos, meu velho.

— Não, não é isso. Saí de casa justo para.. Muito importante. Caso de vida ou morte. Mas o quê?

— Ora, acontece todo dia.

— Aqui dando mil voltas. Que pô de praça é essa?

— A minha, a tua Praça Osório.

— Do teu nome já não lembro. Nem o dessa maldita cidade.

— Ei, meu chapa.

— Tentei telefonar – e para quem? Será que esta aliança no dedo?

— Fala mesmo sério?

— E o nome, cara? Pô, qual o meu nome? Esse outro no meu corpo... quem é?

— ...

— Como voltar pra dentro de mim? Ai, me acuda, se é meu amigo. Por favor, me leva pra casa.

– O que eu sabia? Nadinha de nada. Tentei o Mobral e desisti numa semana. Daí conheci a Maria. Ler o corpo dela na cama foi a primeira lição; boca, se-io, pen-te. Com os números do seu telefone me ensinou a contar. E brincando com as letras do nome dela não é que aprendi a e-s-c-r-e-v-e-r?

A noivinha em pranto:

— São horas? Um homem casado? De chegar?

O boêmio fazendo meia volta, no passinho do samba de breque:

— Não cheguei, minha flor. Só vim buscar o violão.

65

A moça pendura a roupa molhada. Ao lado, a famosa tipinha:
– Essa corda, mãe, qual é o nome?
– Varal.
– Ah, sei.
– ...
– E por que você está vestindo o varal?

66

O pintor de domingo:
– Puxa, trabalhei duro a manhã inteira.
A mulher:
– Como é que não te ouvi cortando a grama?

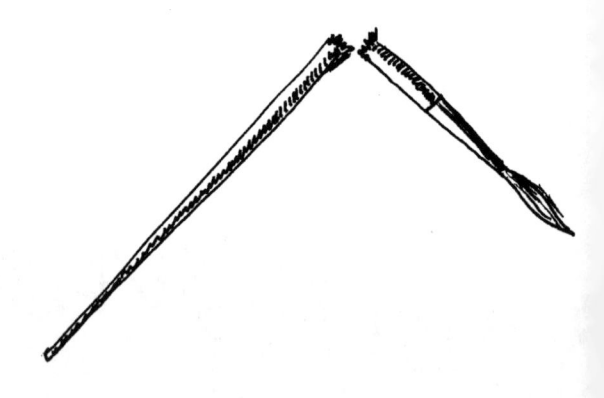

O menino para a mãe:
— A vovó buliu no meu pintinho. Ela diz pra não contar.
Essa não, meu Deus, pensa a nora, iluminada. Afinal eu entendi. Agora sei de tudo. O grande segredo do filho dela. Porque ele é assim... tão...

68

Ao chegar em casa, do programa no motel, o marido é saudado com um grito pela mulher:
– Eu soube de uma coisa terrível!
Pronto, ele pensa, estou perdido. Ela descobriu tudo.
– Pô, o quê... Mas o quê... O que aconteceu?
– Mataram o filho do seu João!
– Urr... Orra. É mesmo? Pobre do seu João. Te devo essa, Deus.

69

– Ai, feliz era eu quando tinha ali na cama três bombons recheados de licor; a tua boquinha vermelha em coração, o teu peitinho branco em flor, esse teu púbis de asinhas douradas de colibri.

70

    Emburrada, a pessoinha para o pai na porta do Jardim:
– Cadê a minha mãe?
– Não pôde vir.
– É você que vai me levar hoje?
– Sim. Entra no carro.
– E não veio mais ninguém?
– Não. Sobe logo.
– Eu vou ter de ir sozinha com você?
– Sim. Vamos lá.
– Eu prefiro dormir na escola.

71

No canto do pátio o doidinho vaza os dois olhos com os dedos indicadores. Sem um ai. Atendido no pronto socorro, cego para sempre. E dia seguinte pelo psiquiatra:

– Por que fez isso, João?

– ...

– O que você não queria mais ver? A tua imagem no espelho?

– O doutor não conta pra ninguém?

– Fala, João.

– Uma voz... lá no canto escuro. Ela, sim. A voz do espírito foi que mandou.

72

— E qual o problema com a Maria?
— Ah, ela é boa, é carinhosa, é trabalhadeira.
— ...
— Mas pô! nadinha de peito.

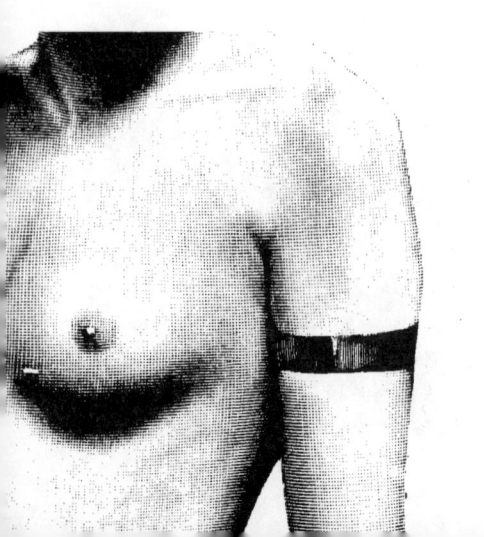

Tic, tic, tic, lá vem o ceguinho, óculo preto e bengala branca.

Alguém bate bola na calçada – tac, tac, tac –, como ele sabe que é menina? Tic, tic, segue em frente.

Na esquina, quem batuca na caixinha de fósforo – tec, tec, tec? O vento lhe sopra que é um malandro? Tic, tic, tic, nada o distrai.

Quem arrasta a sandália de couro – chap, chap, chap? Você lhe disse que é uma pobre velhinha? Tic, tic, sempre adiante.

Agora o salto alto retinindo na pedra – toc, toc, toc. Uma voz lhe conta que é mocinha e bonita? Tic, tic, ti... a bengala no ar titubeia e pára. Lá vai o saltinho faceiro, toc, toc, toc. Ele faz meia volta.

Tic, tic, tic, tic. Depressinha.
Toc.
Tic, tic, tic.
Toc.
Tic, tic.
Toc, tic. Toc, tic. Toc, tic.

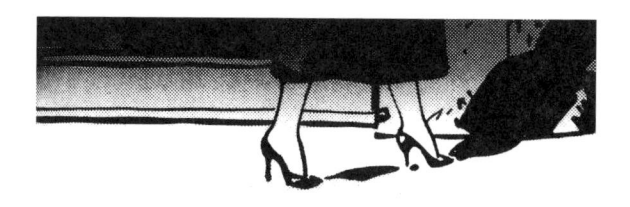

— Na nossa idade, ai, com esse frio, só peço uma boa canja, um copo de vinho, uma bolsa de água quente – e cama que te quero.
— Pois a tua bolsa quente, o teu copo de vinho, essa boa canja eu tenho lá na minha cama de dezoito aninhos.

75

"João, eu parti para sempre, cuide bem das crianças, são um pedaço do meu coração, não esqueço tudo o que fez por mim, você me deu até o que não tinha e eu? não passo de uma perdida, sei que não mereço o teu perdão, fugindo na minha idade, já pensou? caso me veja com o outro finja que não me conhece, louca! o que estou fazendo? aqui o último beijo da que foi sempre tua – Maria."

Todinha nua, orgulhosa:
– Na cama em que me deito não cabe outra mulher.

77

O filho excepcional de onze anos, grandalhão, barba de homem, cheiro de homem, bem dotado como um homem. Ao ser vestido pela mãe, todo se excita, ela foge do contato. Dorme ainda no quarto dos pais. No sono, morde a língua, geme, se bate, nenhum remédio o acalma. O marido, irritado pelos gritos, vai deitar na sala. A mulher se coça, feridas pelo corpo, será dos nervos? Os pés inchados sobram dos sapatos. Pior é o medo de ser abandonada. Se ele me deixa, quem vai me querer? Ai, nem pensar. Uma dona assim podre? Um filho debilóide com ereção? Ela usa calça comprida e blusa fechada até o pescoço. O rosto borrado de creme, pó, rimel. Os cabelos ficam no pente, olha essa mão trêmula. Se o cara me larga, o que será de mimzinha?

78

– Toda linda e gostosa. Pena, tão cafona. Tanto se pinta e se enfeita, que diz o marido: "Olha eu de braço dado com um biombo do randevu Quatro Bicos".

79

– João, o pior dos maridos?
– ...
– Certo. Mas é muito meu.

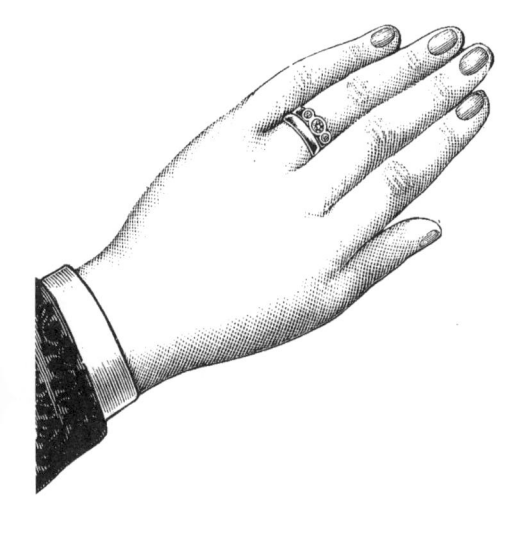

80

Recado na secretária:

"E aí, bundão? Ocê memo. Pensa que é o bam, bam, bam! Ocê tá sujo, safado. Comeu a gata do primo do Carlão, né? Se ferrou, cara. Agora é tua vez. Tô indo aí nesse teu trampo. Já te pego, meu. Bem feito procê aprender. Se esconde não, que tô na tua cola. Tem de pagar, malandro. O Mané tá indo aí. Tua hora chegou, bundão".

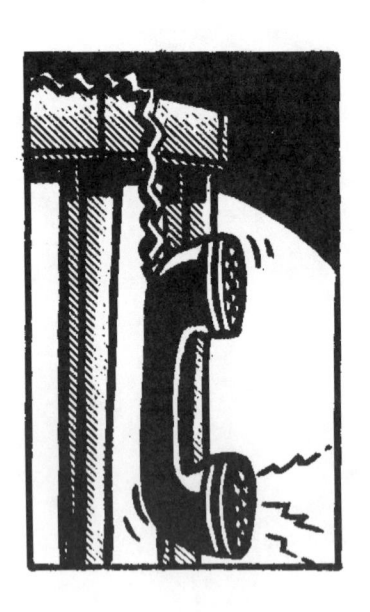

81

O namorado:
– Você tem o coração ingrato e a alminha pérfida...
– ?
– ... mas, ai de mim, é muito boa de cama.

O velho:
– Acordo às três da manhã. Daí começo a brigar.
– Com quem?
– Com a minha cabeça.

— Oi, filhinho. O papai estava morrendo de saudade.
— Viu, filhinho? É só de você que ele sente saudade.
— Dá um beijinho, filhão. Mais um. Outro mais.
— Eu não disse, filhão? É só você que ele beija.
— Agora um abraço, Júnior. Bem apertado. Assim.
— Legal, né, Júnior? É só pra você que ele... Não, João. Está louco? Socorro!

84

Tristeza é ver florindo o vasinho de violeta no quarto da filha morta.

I

– O meu café da manhã é uma pedra. Se estou na pior, um baseado. Aí me dá uma fominha desgracida. Vou chegando bem doidona: "Ei, tô com fome. Ei, galera, tô com fome". Até descolar um rango.

Ali no ponto de ônibus: "Ô, tio, só pra inteirar a passagem? Valeu. Tem condição, ô tia? Valeu". Quando você vê, tá riquinha de moeda. Esse golpe é fatal.

Já se encosta no carrão das bacanas. Troca uma idéia e tal pra liberarem uma grana. Completar a passagem pra lugar nenhum. Isso não é roubo, é viração.

II

Tava com fome, pedi um trocadinho. A tia gritou. Aí peguei a bolsa e corri. Se lutasse eu furava ela. Fatal. Não gosto de pedir. É muita humilhação. Então saio pra roubar.

Só ando sozinha. Amigo não tenho. Ninguém tem amigo no mundo, não. Na rua desde os seis anos. Fumando pedra, zanzando, roubando.

III

De bode, não consigo comer. Falo sozinha, não sei onde estou. Fico dez dias sem dormir. Só converso comigo e penso maldade. Muita vez faço sem querer. Meto a faca num pivete. Seja ele, orra, não eu.

Comecei com cigarro, benzina, maconha, cola, éter. Depois pedra. Se dá, pico na veia. Foi por safadeza mesmo e pra vingar do puto do pai. Só queria fazer sacanagem.

Alguma vez tiro cadeia só pra engordar. Tomara fique bastante tempo. Daí paro um pouco na pedra. Chapada, quase me enforquei no casarão.

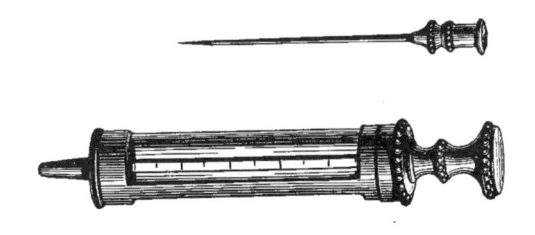

IV

Ai, tossinha fodida. Sou é viciada mesmo. Fumo adoidada o que tiver. Tudo de uma vez, um montão de pedra. Quando tenho, também dou. Pode que um dia precise. Aí fumo e apago.

Compro lá na boca. Pra ter dinheiro eu roubo. Hoje foi uma tia, ela se assustou, quis gritar. Só falei: "Sai que eu te corto". Valeu.

Tem dia que tô muito louca. Fumo e fico pirada. Aí não posso olhar pra pessoa. Acho que tão querendo me bater, me matar. Saio de perto pra não dar confusão.

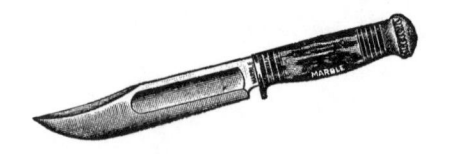

V

Ô cara, o que tô fazendo aqui? Eu não sei viver. Penso de morrer pra ver como que é. Tô tossindo por causa da pedra. Dói muito aqui no peito.

Entrei nessa, de babaca. Se quisesse, tava numa boa. A rua não tá com nada. É muita matança. Fui eu que ferrei com minha vida. Acho que a pedra me comeu a cabeça.

Só fumo sozinha. Todo mundo é muito sozinho. Pô, tem vez que fumo com o negão, no mocozinho. Daí a gente dormimos junto. Fatal.

90

O casal brigado, de costas. Longo silêncio. De repente o velho:
– Sua diaba. Pára de ficar ouvindo o meu pensamento!

91

– Esse aí me adora, sim: daqui pra baixo.

92

Na farmácia, a mocinha com o bebê no colo, apagando a voz:
— Uma caixa de pílula e um batom bem vermelho.

93

Chuvinha de Curitiba, ai, goteja na tua alma perdida, desfaz a trouxa na cabeça da formiguinha, embaça o óculo do míope, derruba do galho o pardal encharcado, molha a meia dos vivos, lava o rosto dos mortos.

94

Na noite branca da insônia você tenta uma por uma as 64 ciências e artes do Kama Sutra – nem assim atinge o prazer solitário do sono.

95

I

– A minha é a casa das quatro meninas. Sem contar a velha, a neta e a cachorrinha. Pendurados em cada canto, já viu, tanto sutiã, quanta calcinha? Todos os modelos, cores e tamanhos? A primeira filha nem casou, já separada. Bom moço, trabalhador, tem paixão por ela. Vem aqui ver a criança, os dois bebemos um copo de vinho, a neta no meu colo. Não me conformo e pergunto: Minha filha, me explique. O que aconteceu? E ela: "Nada aconteceu, pai. Só que o amor acabou". Fim do amor, adeus ao marido? Levo e trago a neta do colégio, assim me distraio. Já pensou, cara? Se um de nós, alegrinho: Tiau, minha velha, o amor acabou?

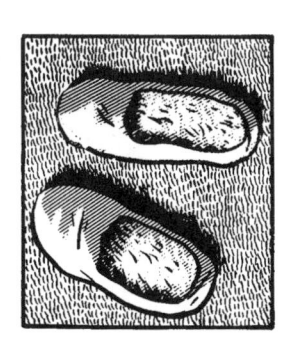

II

A segunda é dançarina de boate. De boate, cara. Já pensou? Em nosso tempo, orra, uma bailarina! E de boate, pô. Outro dia trouxe o convite para "Uma Noite na Arábia". Minha velha insistiu e fomos. Não é a nossa filha bem querida? Lá estamos na mesa de pista. E sabe o quê? O show até que bonito. E a menina dança direitinho. Apareceu na tevê rebolando numa roda de garotas. Eram sete, pô, qual delas? A outra filha apontou: "Essa aí, pai. Essa de bundinha empinada". Isso aí, ô meu. Que filhas, que tempos.

III

A terceira botou a mochila nas costas e saiu de viagem. Sozinha, pô, lá se foi. Pedindo carona, dormindo em albergue, lavando prato. Liga de madrugada pela diferença de horário. Ao fundo uma zorra, conta que pintou o cabelo de três cores. E furou a orelha pro sétimo brinco. Pergunto onde ela está? quando volta? daí cai a linha. Toda vez, orra. É o apito do trem para Istambul? Nessa hora, pô, cai a linha. A conta do telefone, já viu. Importa é que ela está se divertindo. Na dela, numa boa. Já pensou, velho? Naquele tempo, se um de nós. Melhor não pensar.

IV

A caçula, essa, decidiu se juntar com o namorado. Ficar com ele, sei lá. Vem uma delas, me pede o que não pode. Orra, eu de pronto: não e não. E as quatro, em coro: "Ai, pai. Essa não, pai. Corta essa, pai". Se acham o que, princesas? bastardas de qual rei deposto? E a nós cabe servi-las? Rei, quem, eu? O último dos varredores, isto sim, da bosta dos camelos do rei. E daí, cara? Me diga, você. O pai? já não conta. Ele ouve. E paga. E agradece aos céus. Podia sempre ser pior. De todas, já viu, a única que nunca me mordeu? Foi a cachorrinha.

V

    Com tanta mulher, olha eu sozinho em casa. A velha e a cunhada em Miami fazendo compra. A primeira filha viaja com o marido em busca de reconciliação. A dançarina? Uma semana de show em São Paulo. A terceira? pede carona lá na Grécia ou Turquia. A caçula, orra, no mocó do fulano.

    Olha eu sozinho. Alguém, não é? tem de cuidar da neta. Ela dorme. A casa inteirinha só pra mim. Muito em sossego no borralho. Então por que sinto falta: "Ai, pai, essa não, pai". O festival de sutiãs pendurados aqui e ali? As mil e uma calcinhas de todas as cores?

Coleção **L&PM** POCKET

1. **Catálogo geral da Coleção**
2. **Poesias** – Fernando Pessoa
3. **O livro dos sonetos** – org. Sergio Faraco
4. **Hamlet** – Shakespeare / trad. Millôr
5. **Isadora, frag. autobiográficos** – Isadora Duncan
6. **Histórias sicilianas** – G. Lampedusa
7. **O relato de Arthur Gordon Pym** – Edgar A. Poe
8. **A mulher mais linda da cidade** – Bukowski
9. **O fim de Montezuma** – Hernan Cortez
10. **A ninfomania** – D. T. Bienville
11. **As aventuras de Robinson Crusoé** – D. Defoe
12. **Histórias de amor** – A. Bioy Casares
13. **Armadilha mortal** – Roberto Arlt
14. **Contos de fantasmas** – Daniel Defoe
15. **Os pintores cubistas** – G. Apollinaire
16. **A morte de Ivan Ilitch** – L.Tolstói
17. **A desobediência civil** – D. H. Thoreau
18. **Liberdade, liberdade** – F. Rangel e M. Fernandes
19. **Cem sonetos de amor** – Pablo Neruda
20. **Mulheres** – Eduardo Galeano
21. **Cartas a Théo** – Van Gogh
22. **Don Juan** – Molière / Trad. Millôr Fernandes
24. **Horla** – Guy de Maupassant
25. **O caso de Charles Dexter Ward** – Lovecraft
26. **Vathek** – William Beckford
27. **Hai-Kais** – Millôr Fernandes
28. **Adeus, minha adorada** – Raymond Chandler
29. **Cartas portuguesas** – Mariana Alcoforado
30. **A mensageira das violetas** – Florbela Espanca
31. **Espumas flutuantes** – Castro Alves
32. **Dom Casmurro** – Machado de Assis
34. **Alves & Cia.** – Eça de Queiroz
35. **Uma temporada no inferno** – A. Rimbaud
36. **A corresp. de Fradique Mendes** – Eça de Queiroz
38. **Antologia poética** – Olavo Bilac
39. **O rei Lear** – Shakespeare
40. **Memórias póstumas de Brás Cubas** – M. de Assis
41. **Que loucura!** – Woody Allen
42. **O duelo** – Casanova
44. **Gentiudes** – Darcy Ribeiro
45. **Mem. de um Sarg. de Milícias** – M. A. de Almeida
46. **Os escravos** – Castro Alves
47. **O desejo pego pelo rabo** – Pablo Picasso
48. **Os inimigos** – Máximo Gorki
49. **O colar de veludo** – Alexandre Dumas
50. **Livro dos bichos** – Vários
51. **Quincas Borba** – Machado de Assis
53. **O exército de um homem só** – Moacyr Scliar
54. **Frankenstein** – Mary Shelley
55. **Dom Segundo Sombra** – Ricardo Güiraldes
56. **De vagões e vagabundos** – Jack London
57. **O homem bicentenário** – Isaac Asimov
58. **A viuvinha** – José de Alencar
59. **Livro das cortesãs** – org. de Sergio Faraco
60. **Últimos poemas** – Pablo Neruda
61. **A moreninha** – Joaquim Manuel de Macedo
62. **Cinco minutos** – José de Alencar
63. **Saber envelhecer e a amizade** – Cícero
64. **Enquanto a noite não chega** – J. Guimarães
65. **Tufão** – Joseph Conrad
66. **Aurélia** – Gérard de Nerval
67. **I-Juca-Pirama** – Gonçalves Dias
68. **Fábulas** – Esopo
69. **Teresa Filósofa** – Anônimo do Séc. XVIII
70. **Avent. inéditas de Sherlock Holmes** – A. C. Doyle
71. **Quintana de bolso** – Mario Quintana
72. **Antes e depois** – Paul Gauguin
73. **A morte de Olivier Bécaille** – Émile Zola
74. **Iracema** – José de Alencar
75. **Iaiá Garcia** – Machado de Assis
76. **Utopia** – Tomás Morus
77. **Sonetos para amar o amor** – Camões
78. **Carmem** – Prosper Mérimée
79. **Senhora** – José de Alencar
80. **Hagar, o horrível 1** – Dik Browne
81. **O coração das trevas** – Joseph Conrad
82. **Um estudo em vermelho** – Arthur Conan Doyle
83. **Todos os sonetos** – Augusto dos Anjos
84. **A propriedade é um roubo** – P.-J. Proudhon
85. **Drácula** – Bram Stoker
86. **O marido complacente** – Sade
87. **De profundis** – Oscar Wilde
88. **Sem plumas** – Woody Allen
89. **Os bruzundangas** – Lima Barreto
90. **O cão dos Baskervilles** – Arthur Conan Doyle
91. **Paraísos artificiais** – Charles Baudelaire
92. **Cândido, ou o otimismo** – Voltaire
93. **Triste fim de Policarpo Quaresma** – Lima Barreto
94. **Amor de perdição** – Camilo Castelo Branco
95. **A megera domada** – Shakespeare / trad. Millôr
96. **O mulato** – Aluísio Azevedo
97. **O alienista** – Machado de Assis
98. **O livro dos sonhos** – Jack Kerouac
99. **Noite na taverna** – Álvares de Azevedo
100. **Aura** – Carlos Fuentes
102. **Contos gauchescos e Lendas do sul** – Simões Lopes Neto
103. **O cortiço** – Aluísio Azevedo
104. **Marília de Dirceu** – T. A. Gonzaga
105. **O Primo Basílio** – Eça de Queiroz
106. **O ateneu** – Raul Pompéia
107. **Um escândalo na Boêmia** – Arthur Conan Doyle
108. **Contos** – Machado de Assis
109. **200 Sonetos** – Luis Vaz de Camões
110. **O príncipe** – Maquiavel
111. **A escrava Isaura** – Bernardo Guimarães
112. **O solteirão nobre** – Conan Doyle
114. **Shakespeare de A a Z** – Shakespeare
115. **A relíquia** – Eça de Queiroz
117. **Livro do corpo** – Vários
118. **Lira dos 20 anos** – Álvares de Azevedo
119. **Esaú e Jacó** – Machado de Assis
120. **A barcarola** – Pablo Neruda
121. **Os conquistadores** – Júlio Verne
122. **Contos breves** – G. Apollinaire
123. **Taipi** – Herman Melville

124. **Livro dos desaforos** – org. de Sergio Faraco
125. **A mão e a luva** – Machado de Assis
126. **Doutor Miragem** – Moacyr Scliar
127. **O penitente** – Isaac B. Singer
128. **Diários da descoberta da América** – C. Colombo
129. **Édipo Rei** – Sófocles
130. **Romeu e Julieta** – Shakespeare
131. **Hollywood** – Charles Bukowski
132. **Billy the Kid** – Pat Garrett
133. **Cuca fundida** – Woody Allen
134. **O jogador** – Dostoiévski
135. **O livro da selva** – Rudyard Kipling
136. **O vale do terror** – Arthur Conan Doyle
137. **Dançar tango em Porto Alegre** – S. Faraco
138. **O gaúcho** – Carlos Reverbel
139. **A volta ao mundo em oitenta dias** – J. Verne
140. **O livro dos esnobes** – W. M. Thackeray
141. **Amor & morte em Poodle Springs** – Raymond Chandler & R. Parker
142. **As aventuras de David Balfour** – Stevenson
143. **Alice no país das maravilhas** – Lewis Carroll
144. **A ressurreição** – Machado de Assis
145. **Inimigos, uma história de amor** – I. Singer
146. **O Guarani** – José de Alencar
147. **A cidade e as serras** – Eça de Queiroz
148. **Eu e outras poesias** – Augusto dos Anjos
149. **A mulher de trinta anos** – Balzac
150. **Pomba enamorada** – Lygia F. Telles
151. **Contos fluminenses** – Machado de Assis
152. **Antes de Adão** – Jack London
153. **Intervalo amoroso** – A. Romano de Sant'Anna
154. **Memorial de Aires** – Machado de Assis
155. **Naufrágios e comentários** – Cabeza de Vaca
156. **Ubirajara** – José de Alencar
157. **Textos anarquistas** – Bakunin
159. **Amor de salvação** – Camilo Castelo Branco
160. **O gaúcho** – José de Alencar
161. **O livro das maravilhas** – Marco Polo
162. **Inocência** – Visconde de Taunay
163. **Helena** – Machado de Assis
164. **Uma estação de amor** – Horácio Quiroga
165. **Poesia reunida** – Martha Medeiros
166. **Memórias de Sherlock Holmes** – Conan Doyle
167. **A vida de Mozart** – Stendhal
168. **O primeiro terço** – Neal Cassady
169. **O mandarim** – Eça de Queiroz
170. **Um espinho de marfim** – Marina Colasanti
171. **A ilustre Casa de Ramires** – Eça de Queiroz
172. **Lucíola** – José de Alencar
173. **Antígona** – Sófocles – trad. Donaldo Schüler
174. **Otelo** – William Shakespeare
175. **Antologia** – Gregório de Matos
176. **A liberdade de imprensa** – Karl Marx
177. **Casa de pensão** – Aluísio Azevedo
178. **São Manuel Bueno, Mártir** – Unamuno
179. **Primaveras** – Casimiro de Abreu
180. **O noviço** – Martins Pena
181. **O sertanejo** – José de Alencar
182. **Eurico, o presbítero** – Alexandre Herculano
183. **O signo dos quatro** – Conan Doyle
184. **Sete anos no Tibet** – Heinrich Harrer
185. **Vagamundo** – Eduardo Galeano
186. **De repente acidentes** – Carl Solomon
187. **As minas de Salomão** – Rider Haggard
188. **Uivo** – Allen Ginsberg
189. **A ciclista solitária** – Conan Doyle
190. **Os seis bustos de Napoleão** – Conan Doyle
191. **Cortejo do divino** – Nelida Piñon
194. **Os crimes do amor** – Marquês de Sade
195. **Besame Mucho** – Mário Prata
196. **Tuareg** – Alberto Vázquez-Figueroa
197. **O longo adeus** – Raymond Chandler
199. **Notas de um velho safado** – C. Bukowski
200. **111 ais** – Dalton Trevisan
201. **O nariz** – Nicolai Gogol
202. **O capote** – Nicolai Gogol
203. **Macbeth** – William Shakespeare
204. **Heráclito** – Donaldo Schüler
205. **Você deve desistir, Osvaldo** – Cyro Martins
206. **Memórias de Garibaldi** – A. Dumas
207. **A arte da guerra** – Sun Tzu
208. **Fragmentos** – Caio Fernando Abreu
209. **Festa no castelo** – Moacyr Scliar
210. **O grande deflorador** – Dalton Trevisan
212. **Homem do princípio ao fim** – Millôr Fernandes
213. **Aline e seus dois namorados** – A. Iturrusgarai
214. **A juba do leão** – Sir Arthur Conan Doyle
215. **Assassino metido a esperto** – R. Chandler
216. **Confissões de um comedor de ópio** – T. De Quincey
217. **Os sofrimentos do jovem Werther** – Goethe
218. **Fedra** – Racine / Trad. Millôr Fernandes
219. **O vampiro de Sussex** – Conan Doyle
220. **Sonho de uma noite de verão** – Shakespeare
221. **Dias e noites de amor e de guerra** – Galeano
222. **O Profeta** – Khalil Gibran
223. **Flávia, cabeça, tronco e membros** – M. Fernandes
224. **Guia da ópera** – Jeanne Suhamy
225. **Macário** – Álvares de Azevedo
226. **Etiqueta na prática** – Celia Ribeiro
227. **Manifesto do partido comunista** – Marx & Engels
228. **Poemas** – Millôr Fernandes
229. **Um inimigo do povo** – Henrik Ibsen
230. **O paraíso destruído** – Frei B. de las Casas
231. **O gato no escuro** – Josué Guimarães
232. **O mágico de Oz** – L. Frank Baum
233. **Armas no Cyrano's** – Raymond Chandler
234. **Max e os felinos** – Moacyr Scliar
235. **Nos céus de Paris** – Alcy Cheuiche
236. **Os bandoleiros** – Schiller
237. **A primeira coisa que eu botei na boca** – Deonísio da Silva
238. **As aventuras de Simbad, o marújo**
239. **O retrato de Dorian Gray** – Oscar Wilde
240. **A carteira de meu tio** – J. Manuel de Macedo
241. **A luneta mágica** – J. Manuel de Macedo
242. **A metamorfose** – Kafka
243. **A flecha de ouro** – Joseph Conrad
244. **A ilha do tesouro** – R. L. Stevenson
245. **Marx - Vida & Obra** – José A. Giannotti
246. **Gênesis**
247. **Unidos para sempre** – Ruth Rendell
248. **A arte de amar** – Ovídio

249. **O sono eterno** – Raymond Chandler
250. **Novas receitas do Anonymus Gourmet** – J.A.P.M.
251. **A nova catacumba** – Arthur Conan Doyle
252. **O dr. Negro** – Arthur Conan Doyle
253. **Os voluntários** – Moacyr Scliar
254. **A bela adormecida** – Irmãos Grimm
255. **O príncipe sapo** – Irmãos Grimm
256. **Confissões e Memórias** – H. Heine
257. **Viva o Alegrete** – Sergio Faraco
258. **Vou estar esperando** – R. Chandler
259. **A senhora Beate e seu filho** – Schnitzler
260. **O ovo apunhalado** – Caio Fernando Abreu
261. **O ciclo das águas** – Moacyr Scliar
262. **Millôr Definitivo** – Millôr Fernandes
264. **Viagem ao centro da Terra** – Júlio Verne
265. **A dama do lago** – Raymond Chandler
266. **Caninos brancos** – Jack London
267. **O médico e o monstro** – R. L. Stevenson
268. **A tempestade** – William Shakespeare
269. **Assassinatos na rua Morgue** – E. Allan Poe
270. **99 corruíras nanicas** – Dalton Trevisan
271. **Broquéis** – Cruz e Sousa
272. **Mês de cães danados** – Moacyr Scliar
273. **Anarquistas – vol. 1 – A idéia** – G. Woodcock
274. **Anarquistas – vol. 2 – O movimento** – G. Woodcock
275. **Pai e filho, filho e pai** – Moacyr Scliar
276. **As aventuras de Tom Sawyer** – Mark Twain
277. **Muito barulho por nada** – W. Shakespeare
278. **Elogio da loucura** – Erasmo
279. **Autobiografia de Alice B. Toklas** – G. Stein
280. **O chamado da floresta** – J. London
281. **Uma agulha para o diabo** – Ruth Rendell
282. **Verdes vales do fim do mundo** – A. Bivar
283. **Ovelhas negras** – Caio Fernando Abreu
284. **O fantasma de Canterville** – O. Wilde
285. **Receitas de Yayá Ribeiro** – Celia Ribeiro
286. **A galinha degolada** – H. Quiroga
287. **O último adeus de Sherlock Holmes** – A. Conan Doyle
288. **A. Gourmet *em* Histórias de cama & mesa** – J. A. Pinheiro Machado
289. **Topless** – Martha Medeiros
290. **Mais receitas do Anonymus Gourmet** – J. A. Pinheiro Machado
291. **Origens do discurso democrático** – D. Schüler
292. **Humor politicamente incorreto** – Nani
293. **O teatro do bem e do mal** – E. Galeano
294. **Garibaldi & Manoela** – J. Guimarães
295. **10 dias que abalaram o mundo** – John Reed
296. **Numa fria** – Charles Bukowski
297. **Poesia de Florbela Espanca** vol. 1
298. **Poesia de Florbela Espanca** vol. 2
299. **Escreva certo** – E. Oliveira e M. E. Bernd
300. **O vermelho e o negro** – Stendhal
301. **Ecce homo** – Friedrich Nietzsche
302. (7).**Comer bem, sem culpa** – Dr. Fernando Lucchese, A. Gourmet e Iotti
303. **O livro de Cesário Verde** – Cesário Verde
304. **100 receitas de macarrão** – S. Lancellotti
305. **160 receitas de molhos** – S. Lancellotti
306. **100 receitas light** – H. e Â. Tonetto
307. **100 receitas de sobremesas** – Celia Ribeiro
309. **Mais de 100 dicas de churrasco** – Leon Diziekaniak
310. **100 receitas de acompanhamentos** – C. Cabeda
311. **Honra ou vendetta** – S. Lancellotti
312. **A alma do homem sob o socialismo** – Oscar Wilde
313. **Tudo sobre Yôga** – Mestre De Rose
314. **Os varões assinalados** – Tabajara Ruas
315. **Édipo em Colono** – Sófocles
316. **Lisístrata** – Aristófanes / trad. Millôr
317. **Sonhos de Bunker Hill** – John Fante
318. **Os deuses de Raquel** – Moacyr Scliar
319. **O colosso de Marússia** – Henry Miller
320. **As eruditas** – Molière / trad. Millôr
321. **Radicci 1** – Iotti
322. **Os Sete contra Tebas** – Ésquilo
323. **Brasil Terra à vista** – Eduardo Bueno
324. **Radicci 2** – Iotti
325. **Júlio César** – William Shakespeare
326. **A carta de Pero Vaz de Caminha**
327. **Cozinha Clássica** – Sílvio Lancellotti
328. **Madame Bovary** – Gustave Flaubert
329. **Dicionário do viajante insólito** – M. Scliar
330. **O capitão saiu para o almoço...** – Bukowski
331. **A carta roubada** – Edgar Allan Poe
332. **É tarde para saber** – Josué Guimarães
333. **O livro de bolso da Astrologia** – Maggy Harrisonx e Mellina Li
334. **1933 foi um ano ruim** – John Fante
335. **100 receitas de arroz** – Aninha Comas
336. **Guia prático do Português correto – vol. 1** – Cláudio Moreno
337. **Bartleby, o escriturário** – H. Melville
338. **Enterrem meu coração na curva do rio** – Dee Brown
339. **Um conto de Natal** – Charles Dickens
340. **Cozinha sem segredos** – J. A. P. Machado
341. **A dama das Camélias** – A. Dumas Filho
342. **Alimentação saudável** – H. e Â. Tonetto
343. **Continhos galantes** – Dalton Trevisan
344. **A Divina Comédia** – Dante Alighieri
345. **A Dupla Sertanojo** – Santiago
346. **Cavalos do amanhecer** – Mario Arregui
347. **Biografia de Vincent van Gogh por sua cunhada** – Jo van Gogh-Bonger
348. **Radicci 3** – Iotti
349. **Nada de novo no front** – E. M. Remarque
350. **A hora dos assassinos** – Henry Miller
351. **Flush - Memórias de um cão** – Virginia Woolf
352. **A guerra no Bom Fim** – M. Scliar
353. (1).**O caso Saint-Fiacre** – Simenon
354. (2).**Morte na alta sociedade** – Simenon
355. (3).**O cão amarelo** – Simenon
356. (4).**Maigret e o homem do banco** – Simenon
357. **As uvas e o vento** – Pablo Neruda
358. **On the road** – Jack Kerouac
359. **O coração amarelo** – Pablo Neruda
360. **Livro das perguntas** – Pablo Neruda
361. **Noite de Reis** – William Shakespeare
362. **Manual de Ecologia** – vol.1 – J. Lutzenberge
363. **O mais longo dos dias** – Cornelius Ryan
364. **Foi bom prá você?** – Nani

365. **Crepusculário** – Pablo Neruda
366. **A comédia dos erros** – Shakespeare
367(5). **A primeira investigação de Maigret** – Simenon
368(6). **As férias de Maigret** – Simenon
369. **Mate-me por favor (vol.1)** – L. McNeil
370. **Mate-me por favor (vol.2)** – L. McNeil
371. **Carta ao pai** – Kafka
372. **Os vagabundos iluminados** – J. Kerouac
373(7). **O enforcado** – Simenon
374(8). **A fúria de Maigret** – Simenon
375. **Vargas, uma biografia política** – H. Silva
376. **Poesia reunida (vol.1)** – A. R. de Sant'Anna
377. **Poesia reunida (vol.2)** – A. R. de Sant'Anna
378. **Alice no país do espelho** – Lewis Carroll
379. **Residência na Terra 1** – Pablo Neruda
380. **Residência na Terra 2** – Pablo Neruda
381. **Terceira Residência** – Pablo Neruda
382. **O delírio amoroso** – Bocage
383. **Futebol ao sol e à sombra** – E. Galeano
384(9). **O porto das brumas** – Simenon
385(10). **Maigret e seu morto** – Simenon
386. **Radicci 4** – Iotti
387. **Boas maneiras & sucesso nos negócios** – Celia Ribeiro
388. **Uma história Farroupilha** – M. Scliar
389. **Na mesa ninguém envelhece** – J. A. P. Machado
390. **200 receitas inéditas do Anonymus Gourmet** – J. A. Pinheiro Machado
391. **Guia prático do Português correto – vol.2** – Cláudio Moreno
392. **Breviário das terras do Brasil** – Assis Brasil
393. **Cantos Cerimoniais** – Pablo Neruda
394. **Jardim de Inverno** – Pablo Neruda
395. **Antonio e Cleópatra** – William Shakespeare
396. **Tróia** – Cláudio Moreno
397. **Meu tio matou um cara** – Jorge Furtado
398. **O anatomista** – Federico Andahazi
399. **As viagens de Gulliver** – Jonathan Swift
400. **Dom Quixote – v.1** – Miguel de Cervantes
401. **Dom Quixote v.2** – Miguel de Cervantes
402. **Sozinho no Pólo Norte** – Thomaz Brandolin
403. **Matadouro 5** – Kurt Vonnegut
404. **Delta de Vênus** – Anaïs Nin
405. **O melhor de Hagar 2** – Dik Browne
406. **É grave Doutor?** – Nani
407. **Orai pornô** – Nani
408(11). **Maigret em Nova York** – Simenon
409(12). **O assassino sem rosto** – Simenon
410(13). **O mistério das jóias roubadas** – Simenon
411. **A irmãzinha** – Raymond Chandler
412. **Três contos** – Gustave Flaubert
413. **De ratos e homens** – John Steinbeck
414. **Lazarilho de Tormes** – Anônimo do séc. XVI
415. **Triângulo das águas** – Caio Fernando Abreu
416. **100 receitas de carnes** – Sílvio Lancellotti
417. **Histórias de robôs: vol.1** – org. Isaac Asimov
418. **Histórias de robôs: vol.2** – org. Isaac Asimov
419. **Histórias de robôs: vol.3** – org. Isaac Asimov
420. **O país dos centauros** – Tabajara Ruas
421. **A república de Anita** – Tabajara Ruas
422. **A carga dos lanceiros** – Tabajara Ruas
423. **Um amigo de Kafka** – Isaac Singer
424. **As alegres matronas de Windsor** – Shakespeare
425. **Amor e exílio** – Isaac Bashevis Singer
426. **Use & abuse do seu signo** – Marília Fiorillo e Marylou Simonsen
427. **Pigmaleão** – Bernard Shaw
428. **As fenícias** – Eurípides
429. **Everest** – Thomaz Brandolin
430. **A arte de furtar** – Anônimo do séc. XVI
431. **Billy Bud** – Herman Melville
432. **A rosa separada** – Pablo Neruda
433. **Elegia** – Pablo Neruda
434. **A garota de Cassidy** – David Goodis
435. **Como fazer a guerra: máximas de Napoleão** – Balzac
436. **Poemas escolhidos** – Emily Dickinson
437. **Gracias por el fuego** – Mario Benedetti
438. **O sofá** – Crébillon Fils
439. **O "Martín Fierro"** – Jorge Luis Borges
440. **Trabalhos de amor perdidos** – W. Shakespeare
441. **O melhor de Hagar 3** – Dik Browne
442. **Os Maias (volume1)** – Eça de Queiroz
443. **Os Maias (volume2)** – Eça de Queiroz
444. **Anti-Justine** – Restif de La Bretonne
445. **Juventude** – Joseph Conrad
446. **Contos** – Eça de Queiroz
447. **Janela para a morte** – Raymond Chandler
448. **Um amor de Swann** – Marcel Proust
449. **À paz perpétua** – Immanuel Kant
450. **A conquista do México** – Hernan Cortez
451. **Defeitos escolhidos e 2000** – Pablo Neruda
452. **O casamento do céu e do inferno** – William Blake
453. **A primeira viagem ao redor do mundo** – Antonio Pigafetta
454(14). **Uma sombra na janela** – Simenon
455(15). **A noite da encruzilhada** – Simenon
456(16). **A velha senhora** – Simenon
457. **Sartre** – Annie Cohen-Solal
458. **Discurso do método** – René Descartes
459. **Garfield em grande forma** – Jim Davis
460. **Garfield está de dieta** – Jim Davis
461. **O livro das feras** – Patricia Highsmith
462. **Viajante solitário** – Jack Kerouac
463. **Auto da barca do inferno** – Gil Vicente
464. **O livro vermelho dos pensamentos de Millôr** – Millôr Fernandes
465. **O livro dos abraços** – Eduardo Galeano
466. **Voltaremos!** – José Antonio Pinheiro Machado
467. **Rango** – Edgar Vasques
468(8). **Dieta mediterrânea** – Dr. Fernando Lucchese e José Antonio Pinheiro Machado
469. **Radicci 5** – Iotti
470. **Pequenos pássaros** – Anaïs Nin
471. **Guia prático do Português correto – vol.3** – Cláudio Moreno
472. **Atire no pianista** – David Goodis
473. **Antologia Poética** – García Lorca
474. **Alexandre e César** – Plutarco
475. **Uma espiã na casa do amor** – Anaïs Nin
476. **A gorda do Tiki Bar** – Dalton Trevisan
477. **Garfield um gato de peso** – Jim Davis

478. **Canibais** – David Coimbra
479. **A arte de escrever** – Arthur Schopenhauer
480. **Pinóquio** – Carlo Collodi
481. **Misto-quente** – Charles Bukowski
482. **A lua na sarjeta** – David Goodis
483. **O melhor do Recruta Zero (1)** – Mort Walker
484. **Aline 2** – Adão Iturrusgarai
485. **Sermões do Padre Antonio Vieira**
486. **Garfield numa boa** – Jim Davis
487. **Mensagem** – Fernando Pessoa
488. **Vendeta** *seguido de* **A paz conjugal** – Balzac
489. **Poemas de Alberto Caeiro** – Fernando Pessoa
490. **Ferragus** – Honoré de Balzac
491. **A duquesa de Langeais** – Honoré de Balzac
492. **A menina dos olhos de ouro** – Honoré de Balzac
493. **O lírio do vale** – Honoré de Balzac
494.(17).**A barcaça da morte** – Simenon
495.(18).**As testemunhas rebeldes** – Simenon
496.(19).**Um engano de Maigret** – Simenon
497.(1).**A noite das bruxas** – Agatha Christie
498.(2).**Um passe de mágica** – Agatha Christie
499.(3).**Nêmesis** – Agatha Christie
500. **Esboço para uma teoria das emoções** – Sartre
501. **Renda básica de cidadania** – Eduardo Suplicy
502.(1).**Pílulas para viver melhor** – Dr. Lucchese
503.(2).**Pílulas para prolongar a juventude** – Dr. Lucchese
504.(3).**Desembarcando o Diabetes** – Dr. Lucchese
505.(4).**Desembarcando o Sedentarismo** – Dr. Fernando Lucchese e Cláudio Castro
506.(5).**Desembarcando a Hipertensão** – Dr. Lucchese
507.(6).**Desembarcando o Colesterol** – Dr. Fernando Lucchese e Fernanda Lucchese
508. **Estudos de mulher** – Balzac
509. **O terceiro tira** – Flann O'Brien
510. **100 receitas de aves e ovos** – J. A. P. Machado
511. **Garfield em toneladas de diversão** – Jim Davis
512. **Trem-bala** – Martha Medeiros
513. **Os cães ladram** – Truman Capote
514. **O Kama Sutra de Vatsyayana**
515. **O crime do Padre Amaro** – Eça de Queiroz
516. **Odes de Ricardo Reis** – Fernando Pessoa
517. **O inverno da nossa desesperança** – Steinbeck
518. **Piratas do Tietê (1)** – Laerte
519. **Rê Bordosa: do começo ao fim** – Angeli
520. **O Harlem é escuro** – Chester Himes
521. **Café-da-manhã dos campeões** – Kurt Vonnegut
522. **Eugénie Grandet** – Balzac
523. **O último magnata** – F. Scott Fitzgerald
524. **Carol** – Patricia Highsmith
525. **100 receitas de patissaria** – Sílvio Lancellotti
526. **O fator humano** – Graham Greene
527. **Tristessa** – Jack Kerouac
528. **O diamante do tamanho do Ritz** – S. Fitzgerald
529. **As melhores histórias de Sherlock Holmes** – Arthur Conan Doyle
530. **Cartas a um jovem poeta** – Rilke
531.(20).**Memórias de Maigret** – Simenon
532.(4).**O misterioso sr. Quin** – Agatha Christie
533. **Os analectos** – Confúcio
534.(21).**Maigret e os homens de bem** – Simenon
535.(22).**O medo de Maigret** – Simenon
536. **Ascensão e queda de César Birotteau** – Balzac
537. **Sexta-feira negra** – David Goodis
538. **Ora bolas – O humor de Mario Quintana** – Juarez Fonseca
539. **Longe daqui aqui mesmo** – Antonio Bivar
540.(5).**É fácil matar** – Agatha Christie
541. **O pai Goriot** – Balzac
542. **Brasil, um país do futuro** – Stefan Zweig
543. **O processo** – Kafka
544. **O melhor de Hagar 4** – Dik Browne
545.(6).**Por que não pediram a Evans?** – Agatha Christie
546. **Fanny Hill** – John Cleland
547. **O gato por dentro** – William S. Burroughs
548. **Sobre a brevidade da vida** – Sêneca
549. **Geraldão (1)** – Glauco
550. **Piratas do Tietê (2)** – Laerte
551. **Pagando o pato** – Ciça
552. **Garfield de bom humor** – Jim Davis
553. **Conhece o Mário?** – Santiago
554. **Radicci 6** – Iotti
555. **Os subterrâneos** – Jack Kerouac
556.(1).**Balzac** – François Taillandier
557.(2).**Modigliani** – Christian Parisot
558.(3).**Kafka** – Gérard-Georges Lemaire
559.(4).**Júlio César** – Joël Schmidt
560. **Receitas da família** – J. A. Pinheiro Machado
561. **Boas maneiras à mesa** – Celia Ribeiro
562.(9).**Filhos sadios, pais felizes** – R. Pagnoncelli
563.(10).**Fatos & mitos** – Dr. Fernando Lucchese
564. **Ménage à trois** – Paula Taitelbaum
565. **Mulheres!** – David Coimbra
566. **Poemas de Álvaro de Campos** – Fernando Pessoa
567. **Medo e outras histórias** – Stefan Zweig
568. **Snoopy e sua turma (1)** – Schulz
569. **Piadas para sempre (1)** – Visconde da Casa Verde
570. **O alvo móvel** – Ross Macdonald
571. **O melhor do Recruta Zero (2)** – Mort Walker
572. **Um sonho americano** – Norman Mailer
573. **Os broncos também amam** – Angeli
574. **Crônica de um amor louco** – Bukowski
575.(5).**Freud** – René Major e Chantal Talagrand
576.(6).**Picasso** – Gilles Plazy
577.(7).**Gandhi** – Christine Jordis
578. **A tumba** – H. P. Lovecraft
579. **O príncipe e o mendigo** – Mark Twain
580. **Garfield, um charme de gato** – Jim Davis
581. **Ilusões perdidas** – Balzac
582. **Esplendores e misérias das cortesãs** – Balzac
583. **Walter Ego** – Angeli
584. **Striptiras (1)** – Laerte
585. **Fagundes: um puxa-saco de mão cheia** – Laerte
586. **Depois do último trem** – Josué Guimarães
587. **Ricardo III** – Shakespeare
588. **Dona Anja** – Josué Guimarães
589. **24 horas na vida de uma mulher** – Stefan Zweig
590. **O terceiro homem** – Graham Greene
591. **Mulher no escuro** – Dashiell Hammett
592. **No que acredito** – Bertrand Russell
593. **Odisséia (1): Telemaquia** – Homero
594. **O cavalo cego** – Josué Guimarães

595. **Henrique V** – Shakespeare
596. **Fabulário geral do delírio cotidiano** – Bukowski
597. **Tiros na noite 1: A mulher do bandido** – Dashiell Hammett
598. **Snoopy em Feliz Dia dos Namorados! (2)** – Schulz
599. **Mas não se matam cavalos?** – Horace McCoy
600. **Crime e castigo** – Dostoiévski
601(7). **Mistério no Caribe** – Agatha Christie
602. **Odisséia (2): Regresso** – Homero
603. **Piadas para sempre (2)** – Visconde da Casa Verde
604. **À sombra do vulcão** – Malcolm Lowry
605(8). **Kerouac** – Yves Buin
606. **E agora são cinzas** – Angeli
607. **As mil e uma noites** – Paulo Caruso
608. **Um assassino entre nós** – Ruth Rendell
609. **Crack-up** – F. Scott Fitzgerald
610. **Do amor** – Stendhal
611. **Cartas do Yage** – William Burroughs e Allen Ginsberg
612. **Striptiras (2)** – Laerte
613. **Henry & June** – Anaïs Nin
614. **A piscina mortal** – Ross Macdonald
615. **Geraldão (2)** – Glauco
616. **Tempo de delicadeza** – A. R. de Sant'Anna
617. **Tiros na noite 2: Medo de tiro** – Dashiell Hammett
618. **Snoopy em Assim é a vida, Charlie Brown! (3)** – Schulz
619. **1954 – Um tiro no coração** – Hélio Silva
620. **Sobre a inspiração poética (Íon) e ...** – Platão
621. **Garfield e seus amigos** – Jim Davis
622. **Odisséia (3): Ítaca** – Homero
623. **A louca matança** – Chester Himes
624. **Factótum** – Charles Bukowski
625. **Guerra e Paz: volume 1** – Tolstói
626. **Guerra e Paz: volume 2** – Tolstói
627. **Guerra e Paz: volume 3** – Tolstói
628. **Guerra e Paz: volume 4** – Tolstói
629(9). **Shakespeare** – Claude Mourthé
630. **Bem está o que bem acaba** – Shakespeare
631. **O contrato social** – Rousseau
632. **Geração Beat** – Jack Kerouac
633. **Snoopy: É Natal! (4)** – Charles Schulz
634(8). **Testemunha da acusação** – Agatha Christie
635. **Um elefante no caos** – Millôr Fernandes
636. **Guia de leitura (100 autores que você precisa ler)** – Organização de Léa Masina
637. **Pistoleiros também mandam flores** – David Coimbra
638. **O prazer das palavras – vol. 1** – Cláudio Moreno
639. **O prazer das palavras – vol. 2** – Cláudio Moreno
640. **Novíssimo testamento: com Deus e o diabo, a dupla da criação** – Iotti
641. **Literatura Brasileira: modos de usar** – Luís Augusto Fischer
642. **Dicionário de Porto-Alegrês** – Luís A. Fischer
643. **Clô Dias & Noites** – Sérgio Jockymann
644. **Memorial de Isla Negra** – Pablo Neruda
645. **Um homem extraordinário e outras histórias** – Tchekhov
646. **Ana sem terra** – Alcy Cheuiche
647. **Adultérios** – Woody Allen
648. **Playback** – Raymond Chandler
649. **Nosso homem em Havana** – Graham Greene
650. **Dicionário Caldas Aulete de Bolso**
651. **Snoopy: Posso fazer uma pergunta, professora? (5)** – Charles Schulz
652(10). **Luís XVI** – Bernard Vincent
653. **O mercador de Veneza** – Shakespeare
654. **Cancioneiro** – Fernando Pessoa
655. **Non-Stop** – Martha Medeiros
656. **Carpinteiros, levantem bem alto a cumeeira & Seymour, uma apresentação** – J.D. Salinger
657. **Ensaios céticos** – Bertrand Russell
658. **Melhor de Hagar 5** – Dik Browne
659. **Primeiro amor** – Ivan Turguêniev
660. **A trégua** – Mario Benedetti
661. **Um parque de diversões da cabeça** – Lawrence Ferlinghetti
662. **Aprendendo a viver** – Sêneca
663. **Garfield 9** – Jim Davis

Santa Maria - RS - Fone/Fax: (55) 3220.4500
www.pallotti.com.br